四庫全書宋詞别集叢刊

十

筠溪樂府

李彌遜

坦庵詞

趙師使

四庫全書

宋詞別集

叢刊 ⑩

商務印書館

筠溪樂府

李彌遜

欽定四庫全書　　　　集部十

筠谿樂府　　　　　　詞曲類　詞集之屬

提要

臣等謹案筠谿樂府一卷宋李彌遜撰舊本附綴筠谿集末考彌遜家傳稱所撰奏議三卷外制二卷詩十卷雜文六卷與今本筠谿集合而不及樂府則此集本別行也凡長短調八十一首其長調多學蘇軾與柳周纖穠

別為一派而力稍不足以舉之不及軾之操縱自如短調則不乏秀韻矣中多與李綱富知柔葉夢得張元幹唱和之作又有鵬舉座上歌姬唱夏雲峰一首考岳飛字鵬舉湯邦彥亦字鵬舉皆與李彌遜同時然飛于南渡初倥傯戈馬不應有聲伎之事或當為湯邦彥作歟開卷寄張仲宗沁園春一首註蘆川集誤刻字然蝶戀花第五首今亦見蘆川集

中又不知誰誤刻也自虞美人以下十二首皆祝壽之詞類須通用一無可取宋人詞集往往不加刊削未喻其故今亦姑仍原本以存其舊焉乾隆四十九年閏三月恭校上

總纂官臣紀昀臣陸錫熊臣孫士毅

總校官臣陸費墀

欽定四庫全書

欽定四庫全書

筠谿樂府

宋 李彌遜 撰

沁園春 寄張仲宗盧川集誤刋

欹枕深軒散帙虗堂畏景屢移漸披襟臨水橋床就月蓮香拂面竹色侵衣壓玉爲醪折荷當醆卧看銀橫星四垂人歸後伴飢蟬自語宿鳥相依 癡兒莫蹈危機悟四十九年都盡非仕紆朱拖紫圍金珮玉青錢流地

白壁如坻富貴浮雲身名零露事事無心歸使歸秋風動正吳松月冷蓴長鱸肥

永遇樂 初夏獨坐西山釣臺新亭

曲逕通幽小亭依翠春事纔過看笋成竿等花著果永晝供閑坐蒼蒼晚色臨淵小立恰引暮鷗飛墮悄無人一溪山影可惜被渠分破　百年似夢一身如寄南北去留皆可我自知魚翛然濠上不問魚非我隔籬呼取舉杯對影有唱更憑誰和知淵明清流臨賦似得恁麼

其二 用前韻呈張仲宗蘇粹中

五十勞生紫髯霜換白日駒過閑戶推愁緣崖避俗壁角團蒲坐提壺人至竹根同卧醉帽儘從敧墮夢驚回滿身疎影露滴月斜雲破　無人自酌有邀皆去我笑兩翁多可忍凍吟詩典衣沽酒二子應嗤我兩忘一笑調同今古誰道郢歌無和後之人猶今視昔有能繼麼

念奴嬌

瑶池倒影露華濃羣玉峰巒如洗明鏡平鋪秋水淨寒

鎖一天空翠荷芰風搖蘋蘩波動驚起魚龍戲扶疎桂影十分光照人世　誰似老子癡頑繩床危坐自引壺觴醉斗轉參横歌未徹屋角烏飛星墜對影三人停盃一問誰會騎鯨意金牛何處玉樓高聳十二

其二　坐上次王伯開韻

風簾弄影正閑堂永晝香銷人寂軋軋鄰機芳思亂愁入回文新織燕蹴巢泥鶯喧庭柳好夢無蹤蹟那堪春事背人何計留得　誰似愛酒南鄰岸巾坦腹醉踏西

山碧綵筆陽春傳雁足催我飛觴浮白老去情懷憑君
試看鬢上秋霜色故園千里月華空照相憶

其三 癸卯老親生辰寄武昌

楚山木落際平蕪千里寒霜凝碧鄂渚波横何處是當
日孫郎赤壁黄耳音稀白雲望遠又見春消息嘉辰長
記謝池梅蘂初摘　遥想黄鶴樓高蘭堦絲管沸傳觴
如織倦客心馳歸路繞不及南飛雙翼固著班衣重飜
錦字寄遠供新拍明年歡侍壽期應獻千百

三叚子 次韻蘇粹中寄詠筠莊

層林煙霏巨壁天半鴻飛無路雲斷處兩山之間十萬琅玕環翠羽轉秀谷枕蘋花汀溆短柳踈籬向暮看卧壟牛歸橫舟人去平蕪鷗鷺 並遊不見鞭鸞侶只僧前松子隨步回徑險凌風遐想小憩清泉欵茂樹正筍蕨過如酥新雨磯下遊魚可數縱窈窕雪鬧長啟寂寂誰爭子所 世上丹轂朱纓春夢覺南柯何許況榮枯無定中有歡離愁聚儘笑我詑盤中趣為續昌黎賦會

有人秣馬膏車相屬一樽清醑

水調歌頭 横山閣對月

清夜月當午軒户踏層冰樓高百尺縹緲天闕敞雲扃萬里風摇玉樹吹我衣裾零亂寒入骨毛輕徑欲乘之去高興遠青冥 神仙說功名事兩難成葦汀筠岫深處端可寄餘齡身外營營姑置對景掀髯一笑引手接飛螢且盡杯中物日出事還生

其二 次李伯紀韻趣閒東閣

安石寓絲竹方朔雜詼諧昂霄氣槩古來無地可容才不見騎鯨仙伯唾手功名事了猿鶴與同儕有意謝軒冕無計避嫌猜　静中樂山照座月浮杯忘形湛輩一笑丘壑寫高懷只恐天催玉釜為破煙塵昏翳人自日邊來東閤動詩興莫待北枝開

其三 次李伯紀春日韻

松菊漸成趣紅紫勿齊開花神靳惜芳事日日待公來遥想金葵側處素月華燈相照粧影滿歌臺餘韻寫宮

羽飛落遠山隈 逃禪客尊中盡厭長齋且愁風絮斷送春色攬離懷命駕何妨千里祇恐行雲凝轍直磴岫崔嵬手拍陽春唱隅屋借殘杯

其四 次向伯恭薌林見寄韻

不見隱君子一月比三秋驚濤如許夢魂無路絶横流安得如雲長翮命駕不須千里上下逐君遊此計杳難就注目倚江樓 西風裏多少恨寄歌頭飛奴接翼為我三度下南州三得伯恭佳詞 正是天寒日暮獨釣一江殘雪

風獵碧莎裘和子浩然句一酌散千憂

其五 再用前韻

不下長安道霜鬢幾驚秋故人何在時序欺我去如流常對洛濱仙伯共說鄰林佳致魂夢與追遊更唱中秋自得月上東樓 雲巖屋秋香下楚江頭十年笑傲真是騎鶴上揚州却憶金門聯轡曉殿催班同到高拱翠雲裘明月今千里何計緩離憂

其六 八月十五夜集最樂堂月大明常歲所無衆客皆歡戲用伯恭韻作

白髮閩江上幾度過中秋陰晴相半曾見玉塔卧寒流不似今年三五皎皎氷輪初上天闕恍神遊下視人間世萬户水明樓　賢公子追樂事占鼇頭酒酣喝月腰鼓百面打涼州沈醉儘扶紅袖不管風揺仙掌零露濕輕裘但恐尊中盡身外復何憂

驀山溪　次李伯紀梅花韻

衡寒山意未放江頭樹老去悵春遲數花期朝朝暮暮踈英冷蘂也為有情忙深夜月小庭中絶勝西域路

調元妙手便是春來處醖造十分香更暖借豪端煙雨狂歌醉客小摘問東風花謝後子成時趂得和羹否

其二 宣城丞廳雙梅

竹邊籬外兩兩寒梅樹疎影上簾櫳似却袂一枝横暮玉肌瘦損有恨不禁春縈冰珮整風裳帳望瑶臺路我來勝賞持酒花深處天曉釀幽香正一霎如酥小雨江山得助臭味許誰同長安遠故人踈夢到江南否

昆明池 次韻尚書兄春晚

帳錦籠庭囊香飄謝過了芳時强半覓殘紅蜂鬚趁日
占新緑鶯喉咤暖數花期望得春來去也把酒南山誰
伴更簾幕垂垂惱人飛絮亂落一軒風晚　手拍狂歌
揮醉椀笑浪走江頭幾逢歸燕憶黄華曾吹紗帽詩緣
樓催放紈扇功名事於我如雲謾贏得星星滿簪霜換
向棠棣華閒鶺鴒原上莫厭樽罍頻見

十月桃二首 同冨季申賦梅花

浮雲無定任春風萬點吹上寒枝砌外瓏璁暗香夜簾

幃閑情最宜酒伴勝黃昏冷月清溪風流謝傳夢到華胥長是相隨　似凝愁不語誰知芳思亂微酸已帶離離傳語花神任教横竹三吹枝頭要看如豆趂和羹百卉開時十分金蘂先與東君一笑相期

其二

一枝三四萼踈英秀色特地生寒刻楮三年謾誇煑石成丹梨花帶雨難並似玉妃寂寞微潸瑶臺空潤露下星垂零亂風鬟　記前回擁蓋西園花信被山烟著意

邀闌醆面橫斜大家月底頹然如今萬點難綴共蒼苔打合成班詩翁何似勸春莫交粉淡香殘

聲聲慢 木犀

龍涎染就沉水薰成分明亂屑瓊瑰一朶纔開人知十里須知花皃大則不大有許多瀟洒清奇較量盡誚勝如末利賽過酴醾　更被秋光斷送微放些月照著陣風吹惱殺多情猛揀沉醉酬伊朝朝暮暮守定儘忙時也不分離睡夢裏膽瓶皃枕畔數枚

永遇樂 學士兄築室南山拒搜峯下與玉山相對因生日以詞見意

一水如繩兩山如翼綠野如繡松院千霄筠莊枕浪攬盡溪山秀水南水北竹輿蘭棹來往月宵花晝問人間天上何處更尋大團小有人言拒搜功成仙去丹鼎夜寒光透喚取雲英煉成石髓日月齊長久煩君挾我朝元真闕兩翼羽輕風驟此時看小茅峯頂有雲貫斗

滿庭芳 中秋次劉夢弼韻

荷背飜黃蕉心滴翠雨洗庭院無塵斷雲缺處嬌首望

氷輪迤邐天垂四幕星杓淡河漢横銀笙歌散風簾自
上寒水滿樓明　劉郎方得計收揺繡户枕並華裀笑
狂客無眠坐聽鍾鯨明月中秋一夢臨鴛甃三繞殷勤
清光裏持盃對影風月兩兼并

水龍吟 上巳

化工收拾芳菲暈酥剪綵迎春禊江山影裏泰階星聚
重尋古意曲水流觴晚林張宴竹邊花外倩飛英襯地
繁枝障日游絲駐蟻和跡　雲避清歌自止放一鈎玉

沉寒水西園飛蓋東山携妓古今無媲聞道東君商量

花藥作明年計待公歸獨運丹青妙手憶山陰醉

洞仙歌登臨漳城詠梅

斷橋斜路又是春來也仙掌挼雲半開謝儘凝酥砌粉

不似真香分明對氷雪肌膚姑射　天涯傷老大萬斛

新愁一笑端須問花借縱廣平冷淡鐵石心腸未攘得

花裏風前月下為傳語游蜂緩經營且留與山翁醉吟

清夜

其二 次李伯紀韻

殘烟薄霧仗東風排遣收拾輕寒做輕煖問牆隅屋角多少青紅春不語行處隨人近遠 穿簾花影亂金鴨香温幽夢醒時午禽囀任抛書推枕嚼藥攀條暗消了清愁一半且莫放浮雲蔽晴暉怕惹起羇人望中凝戀

江神子 臨安道中

夢中北去又南來飽風埃鬢華衰浮木飛蓬蹤蹟為誰催自笑自悲還自悞一盃酒鼻如雷 曉輿行處覺春

回眉瓊瑰緣苔病眼衝寒欲閉又還開近水人家籬落畔遥認得一枝梅

感皇恩 次韻尚書兄老山堂作

入夜月華清中天方好更著山光兩相照星稀雲淨玉樹鷩烏三繞廣寒風露近秋先老　老山高勝飛塵不到亭上仙翁自昏曉短詞新唱字字令人絶倒待憑書寄恨歸鴻少

花心動 七夕

水館風亭晚香濃一番芰荷經雨簟枕乍閑襟裾初試散盡滿軒袢暑斷雲却送輕雷去踈林外玉鈎微吐夜未闌秋生敗葉暗催庭樹　天上佳期久阻星河畔仙車縹緲雲路舊恨未平幽歡難駐洒落半天風露綺羅人散金猊冷醉魂到華胥深處洞户悄南樓畫角自語

一寸金 尚書生日光州作光州芍藥甚盛尚書書為品次圖之故末句云

仙李盤根自有雲仍藹芳裔笑溜雨霜皮臨風玉樹紫髯丹頰長生久視鶴帳琅書至長庚夢當年暗記佳辰

近回首西風漸喜秋英弄霜蘂　暫捲雙旌鳴金吹祝萱堂伴新戲對璧月留光屏仙供翠碧雲人合飛觴如綴早晚巖廊侍終不負黃樓一醉丹青手先與飜堦萬葉增春媚

蝶戀花　擬古

百尺游絲當繡戶不繫春、暉只繫閑愁住拾翠歸來芳草路避人蝴蝶雙飛去　困臉羞眉無意緒陌上行人記得清明否消息未來池閣暮濛濛一餉梨花雨

其二 遊南山過陳公立後亭作

足力窮時山已晦，却上輕舟急棹穿沙背。雲影漸隨風力退，一川月白寒光碎。　喚客主人陶謝輩，拂石移尊不管遊人醉。羅綺叢中無此會，只疑身在烟霞外。

其三 新晴用前韻

清曉天容爭顯晦，溪上羣山戢戢分馳背。誰似浮雲知進退，疎林嫩日黃金碎。　夜枕不眠憎鼠輩，困眼貪睛拌被風烟醉。天意有情人不會，分明置我風波外。

其四 福州橫山閣

百疊青山江一縷十里人家路遶南臺去榕葉滿川飛白鷺疎簾半捲黄昏雨 樓閣崢嶸天尺五荷芰風清習習消袢暑老子人間無著處一樽來作橫山主

其五 西山小湖四月蓮初有一花

小小芙蕖紅半展占早爭先不耐腰支軟羅襪凌波嬌欲顫向人如訴閨中怨 把酒與君成眷戀約束新荷四面停歌扇不放遊人偷眼盼鴛鴦葉底潛窺見

虞美人 詠古

上陽遲日千門鎖花外流鶯過一番春去又經秋唯有深宮明月照人愁 暗中白髮隨芳草却恨容顏好更無䰟夢到昭陽腸斷一雙飛燕在雕梁

其二 東山

海棠開後春誰主日日催花雨可憐新緑遍殘枝不見香腮和粉暈燕脂 去年攜手聽金縷正是花飛處老來先自不禁愁這樣愁來欺老幾時休

其三

金泥捍撥春聲碎恨入相思淚醉欹秋水緑雲斜渾似夢中重到阿環家　主人著意留春住不醉無歸去只愁銀燭曉生寒明日落花飛絮滿長安

其四　贈富季申别

年年江上清秋節醆面分霜月不堪對月已傷離那更梅花開後海棠時　劍溪難駐仙遊路直上雲霄去藕花恰莫礙行舟要趁潮頭八月到揚州

其五 次韻葉少蘊懷隱菴作

方壺小有人誰到底事春知早史君和氣槃成花更築百花深處駐春華　雲闕遠枕苕溪淺未放歸懷展看残紅紫綠陰斜鸞鳳干霄却上玉皇家

青玉案

楊花儘做難拘管也解趂飛紅伴驄馬無情人漸遠沙平淺渙雨濕孤村何處長亭晚　欲憑桃葉傳春怨莫不似斜風情雙燕縱得書來春又換只將心事分付眉

尖寂寞梨花院

菩薩蠻 管邦惠家小鬟善謳

小山嬌翠佐歌扇雛鶯學語春猶淺無力響方擅聲隨玉笋飄　垂鬟雲乍染媚靨香微點未解作輕顰凝情已動人

其二 新秋

涼飈輕散餘霞綺疎星冷浸明河水欹枕畫簷風秋生草際蛩　鴈行離塞晚不道衡陽遠歸恨隔重山樓高

莫凭闌

其三

風庭瑟瑟燈明滅碧桐枝上蟬聲歇枕冷夢魂驚一堦寒水明　烏飛人未起月露清如洗無語聽殘更愁從兩鬢生

其四　富季申見約觀月以病不能往夜分獨卧横山閣作此寄之

餘霞收盡寒烟緑江山一片團明玉欹枕畫樓風愁生草際蛩　金莖秋未老兩鬢吳霜早恐負廣寒期清尊

對誰

浣溪沙

小小茅茨隱翠微橋平雙手美漣漪好風還動去年枝

得雨踈梅肥欲展人家次第有芳菲惜花恰莫探春

遲

其二

簫鼓哀吟樂楚臣才擒錦纜簇江滑調高緑筆逞尖新

海角逢時傷老大莫亂危酒話情親與君同是異鄉

人

其三

向日南枝不奈晴無風絳雪自飄零畫樓更作斷腸聲

小側金荷迎落蘂高燒銀燭照殘英生愁斜月酒初

醒

臨江仙 次韻尚書兄送别

枝上子規催去旆柳條偏繫離情片雲留雨鎖愁城不

堪明夜月寂寞照南榮　莫作東山今日計風雷已促

鵬程功成來伴赤松行却尋鴻鴈侶尊酒會如星

其二 次韻富季申九月菊未開

燕去鶯來昏又曉勞生莫負心期菊花何必待開時十分浮玉蟻一拍貫珠詞 少借筆端烟雨力不須露染風披芳心微露定因誰風流今太傅蕭灑古東籬

其三 次李伯紀韻

多病淵明剛止酒不禁秋蘂浮香飲船歌板已兼忘吳霜羞鬢改無語對紅粧 小撚青枝撩鼻觀絶勝嬌額

塗黄獨醒滋味怕新凉歸来燈影亂敧枕聽更長

其四 杏花

一片花飛春已減那堪萬點愁人可能春便負閑身細思愁不飲却是自辜春　且共一樽追落蘂猶勝陌上成塵杯行到手莫亂頻杏花須記取曾與此翁隣

其五 次韻葉少蘊惜春

試問花枝餘幾許捲簾細雨隨人風光猶戀苦吟身海棠渾怯冷為我强留春　細聽惜花歌白雪不知醜面

生塵吹開吹謝漫驚頻少陵真有味愛酒覓南隣

醉花陰

翠箔陰陰籠畫閣昨夜東風惡香逕漫春泥南北東郊悵恨妨行樂傷春比侶年時覺潘鬢新來薄何處不禁愁雨滴花腮和淚烟脂落

其二 木犀

紫菊紅萸開遜早獨占秋光老醞造一般清比著芝蘭猶自爭多少霜刀剪葉呈纖巧手撚迎人笑雲鬢一

枝斜小閣幽窻是處都香了

清平樂 登第

燭花催曉醉玉頹春酒一騎東風消息到占得鼇頭龍首 長安去路駸駸明朝躍馬芳陰應是花繁鶯巧東君著意瓊林

其二 春晚

一簾紅雨飄蕩誰家去門外垂楊千萬縷不把東風留住 舊巢燕子來遲故園綠暗殘枝腸斷畫橋烟水此

情不許春知

浪淘沙 林仲和送芍藥再以詞為寄次韻謝之

把酒挽芳時醉袖淋漓多情楚客為秋悲未抵香飄紅褪也獨繞空枝 天女寶刀遲露染風披翠雲疊疊擁銖衣知道筠谿春寂寞來慰相思

其二 連鵬舉坐上次康平仲留別韻

樂事信難逢莫放忽忽飛紅撩亂減春容臨水不禁頻送客風袖龍鍾 小閣畫堂東綺繡相重樽前誰唱夏

雲峰醒後欲尋溪上路烟水無窮是日歌姬首唱夏雲峰

謁金門 寄遠

春又老愁侶落花難埽一醉一回才忘了醒來還滿抱此恨欲憑誰道柳外數聲啼鳥只恐春風吹不到斷雲連碧草

滴滴金 次韻尚書兄老山堂雪

廣平未拌心如鐵恨梅花隔年別化工剪水鬬春風似南枝和月　長鯨一飲寧論石想高歌醉瑶席幾時歸

去共樽罍看寒花連陌

訴衷情 次韻李伯紀桃花

小桃初破兩三花深淺散餘霞東君也解人意次第到山家 臨水岸一枝斜照籠紗可憐何事若愛施朱減盡容華

好事近 同前

春苑雜花芳詩老賸誇梅格誰道武陵深處便不如姑射 莫分紅淺與紅深點點是春色生怕一番風雨伴

飄零江國

鶴冲天 張仲宗以秋香酒見寄并詞次其韻

篘玉液釀花光來趂此窻涼為君小摘蜀葵黄一似嗅枝香　飲中仙山中相也道十分宫様一般時候最宜甞竹院月侵床

天仙子 次冨季申韻

飛蓋追春春約佇繁杏枝頭紅未雨小樓翠幕不禁風芳草路無塵處明月滿庭人欲去　一醉隣翁須記取

見說新粧桃葉女明年却對此花時留不住花前語總向似花人付與

清平樂 次韻葉少藴和程進道梅花

斷橋缺月點點枝頭雪畫角吹殘聲未歇早是一年春別　壽陽妝粉成粧柔腸結結丁香可怕真梅輕妬游蜂說與何妨

其二

推愁何計車下忌乘墜日上南枝春有意已訝紅酥如

綴　皃童緩蹩餘杯芒鞵午夜重來素面應憎月冷真香不逐風回

其三

長紅小白何處尋梅格日日南山雲滿嶺暗老一分春色　廣平賦罷瑤香細花蘂商量留得筆端兩露後來收拾羣芳 二月始得此詞故于末章見意

點絳脣 奉酧冨李申

剪剪疎花託根宛在長松底蔓柯相倚便有凌霄志

欽定四庫全書

丹鳳忽來小隊迎秋起留無計待公歸侍重與分紅翠

虞美人 宜人生日

梨花院落溶溶雨弱柳低金縷畫簷風露為誰明青翼來時試問董雙成　去年春酒為眉壽花影浮金斗不須更覓老人星但願一年一上一千齡

醉花陰 學士生日

池面芙蕖紅散綺鵲噪朱門喜環佩響天風香靄杯盤更約麻姑侍　塵寰不隔蓬萊水束帶巖廊戲瘦鶴與

長松且伴臞仙久住人間世

其二 硐人生日

簾捲西風輕雨外揖數峯横翠摟上地行仙壓玉為醪旋摘黄金蘂　一觴一闋千秋歳不願封侯貴長伴紫髯翁踏月吹簫笑詠雲山裏

感皇恩 學士生日

花院小回廊庭萱成行水面紅粧翠綃帳蓬萊雲近風露一番清曠星郎來碧落長庚象　素志未酧丹心益

壯且醉真珠小槽醲不須皓齒手拍狂歌清唱一尊為

壽遠羲皇上

其二 端禮節使生日

密竹剪輕綃華堂初建捲上蝦鬚待開宴壽期春聚芍

藥一番開遍砌成錦步帳籠絃管 絳節近頒丹鶬重

見花裏雙雙乍歸燕重重樂事憑仗東風拘管一時分

付與金荷勸

小重山 學士生日

鞭鳳驂鸞自斗杓老君親抱送下層霄人間仙李占春饒千秋裏松月伴吹簫　故國水雲遙摘新丹荔熟剥紅綃南山影轉卧金蕉傾寒緑眉壽比山高

其二同前

星斗心胸錦繡腸厭隨塵土客逐炎涼江山風月伴行藏無人識高卧水雲鄉　肘後有仙方假饒丹未就壽須長儒冠多誤莫思量十分酒瀲灔小池塘

花心動夫人生日

紅日當樓繡屏開風裀舞花隨步絳拂珮蘭香染粧梅
彷彿紫烟真侶雪消池館年年會玻瓈泛小槽新注美
簫語雲璈未徹暖回芳樹　瑶檢曾頒壽縷好繫日榮
春馭鸞深駐桂殿影寒蓬山波濶未似綠衣庭戶坐看
鶴鬢呈萊戲重重拜天階雨露縱游處人間遍尋洞府

漁家傲　博士生日

海角秋高風力驟樓臺四面山容瘦季子貂裘寒欲透
懸弧晝高歌棣蕚聊卮酒　且共追歡寬白首清閑贏

得身長久世上功名翻覆手為君壽腰間要看懸金斗

阮郎歸 碩人生日

黄花酒未折霜枝今年秋較遲六么催泛玉東西登高慶誕時 神仙事古來稀且為千歲期戲萊堂上兩龐眉何妨舉案齊

醉落花 碩人生日

霜林變緑畫簾桂子排香粟一斂檀板驚飛鶩絃管樓高誰在闌干曲 人生一笑難相屬滿堂何必堆金玉

但求身健兒孫福鶴髮年年同泛清尊菊

柳梢青 趙端禮 生日

壽烟籠席採蓮新按舞腰無力占盡風光人間天上今夕何夕 藍袍換了萊衣慶歲歲君恩屢錫連夜歡聲滿城佳氣和春留得

點絳唇 富季申 生日

花信爭先暗將春意傳桃李壽鄉同醉緑野聯珠履 麟閣丹青眷注耆英裔眉間喜日邊飛騎来促東山起

十樣花

陌上風光濃處第一寒梅先吐待得春來也香銷減態
凝竚百花休謾妬

陌上風光濃處繁杏枝頭春聚豔態最嬌嬈敢比並東
隣女紅梅何足數

陌上風光濃處日暖山櫻紅露結子點朱唇花謝後君
看取流鶯偏祝付

陌上風光濃處忌却桃源歸路洞口水流遲香風動紅

無數吹愁何處去

陌上風光濃處最是海棠風措翠袖襯輕紅盈盈淚怨

春去黃昏微帶雨

陌上風光濃處自有花王為主富艷壓羣芳蜂蝶戲燕

鶯語東君都付與

陌上風光濃處紅藥一番經雨把酒繞芳叢花解語勸

春住莫教容易去

筠谿樂府

筠谿家傳

公諱彌遜字似之其先本唐諸王苗裔始家陳留八代祖澄仕為温州永嘉令遂遷於閩居福州連江縣至大父為平江府吳縣人公晚年復歸隱於連江曾祖餘慶仕至國子博士知常州贈屯田郎中祖處常仕至忠武庫節度推官贈朝請大夫考撰仕至左朝奉大夫通判保州贈少師國博府君為政精明所至能以仁愛得人心論事切直不果用於朝出為常州殁官邦人思慕

出涕留葬横山為之繪像歲時奉祭不忘民有疾者取
塋土服之輒愈其遺行詳見荆國王文公安石墓表及
循吏遺愛録朝請府君年十三能兼通孔頴達疏杜預
左氏傳居官嚴整母公安太君得目疾不能視君晨夕
為舐其目以篤孝稱少師府君蚤從南豐先生曾鞏學
南豐推器重之初仕越州清獻趙公抃知其剛介薦聞
於朝所至興崇學政人化之文翁常裒廣孟子說著養
氣論傳於世龜山楊先生時實銘其墓公弱冠擢上舍

冠多士崇寧以来方用舍法更貢舉視南省第一人登
大觀三年進士第歷單州司户丁少師府君憂除喪調
鄆州陽穀主簿政和四年二月除國朝會要所檢閱文字
十二月引見上殿改授承奉郎遷秘書省校書郎充編
修六典檢閲文字六年七月出為提舉河東路學事未
赴九月授尚書禮部員外郎七年正月守尚書司封員
外郎十一月試明堂頒事八年四月擢為起居郎時姦
黨用事以上封事剴切八月貶知雅州廬山縣九月改

奉嵩山祠斥廢隱居者凡八年宣和七年十二月知冀州敵騎初南牧河朔諸郡皆無備禦公在冀州捐金帛致勇士修城堞決河護塹邀擊敵之游騎斬首甚衆敵入中國無有拒其鋒者惟冀能以死守烏珠北還戒師無犯其城敵還靖康元年七月召為衞尉少卿有旨冀州守禦有勞進秩二等九月以論奏有忤與郡十一月差知筠州靖康二年江寧牙校周德叛執帥臣資政殿學士宇文粹中殺官吏嬰城自守勢甚猖獗四月淮大

元帥府劉子除公江東路轉運判官就領郡事公時避
寇蔣山無寸兵尺鐵聞命單騎扣賊壘蠟書射城中招
降賊通款開關迎公公立馬喻賊禍福勉其舍逆從順
赴在所勤王公夜卧黄堂大啟城門示賊不疑招集流
亡賊之脅從悉從拊定其首亂者反側未服時新除右
僕射李公綱行次江寧公與謀之呼首惡者五十人至
庭下訊驗其狀一夕悉誅之其餘黨千餘人令提舉常
平使者王枋部送行在一部按堵帖然建炎元年六月

除職改充淮南路轉運副使訓詞褒諭謂迺者鋒刄餘孽怙惡不悛爾能奮然為民芟刈使朝廷威令稍伸可謂奇偉七月遭魯國太夫人艱解官建炎四年服除四月奉太平觀祠紹興二年三月祠滿知饒州三年三月丐崇道觀祠五年召對便殿首言當堅定規撫排斥姦言浮議責左右輔弼之臣為社稷經遠之慮又謂朝廷一日無事幸一日之安一月無事幸一月之安欲求終歲之安已不可得況能定天下大計乎上嘉其讜直明日

上具以所奏諭近臣有不樂者擬進職再除郡進寶文閣知吉州陛辭上曰始將留卿大臣欲重試卿民事其為朕善拊循行召卿矣既至郡綏撫疲民鋤治盜賊境内稱治七年五月召為尚書左司員外郎八月除起居郎公自政和來為柱史以直節書言流落中外閣二十年復居是職直前論事鯁切如初九月試中書舍人時國家多事公立朝知無不言奏疏滿篋乞令内外職事官皆得極言時事以開言路乞增置宿衛親兵以彊主

勢乞罷諸路創立軍興月樁錢以寛民力至于乗輿舉動亦密有規諫上嘗批奏疏曰李某可謂忠於愛君上又宣諭令條陳今日當行事件公奏對六事一曰固藩維以禦外侮二曰嚴禁衛以尊朝廷三曰練四方之兵以壯國勢四曰節國用以備軍食五曰收民心以固根本六曰擇守帥以責實效時駐蹕未定有旨料舟給卒以濟宫人公封詔繳奏以為六飛雷動百司豫嚴方時孔艱宜以宗社為心不宜以内幸細故更勤聖慮事雖

至微懼傷大體上嘉納之公在詞掖凡朝廷除授有私
意封駁無所避當國者以為異已方國計單匱版省闕
官無肯為者時宰謂公有心計可為民曹八年二月試
户部侍郎三月公言祖宗之法有可行于今日發運一
司是也大槩權六路豐凶以行平糴之法然令比昔少
異當師其意損益行之臣謂宜復此司别給糴本數百
萬緡俾廣儲積以待恢復之用數年必見其效上詔從
之遂復置江淮荆浙閩廣經制發運司以徽猷閣待制

程公邁為之時秦檜再相惟公與吏部侍郎晏公敦復有憂色八月公上疏丐外甚力詔不允趙公鼎罷相檜專國贊上決策求和金國遣烏珠思謀等來議和使人入界索禮甚悖號其書曰詔書指吾國曰江南見吾館伴使必欲坐堂中而坐使人于一隅所歷州縣必欲使官吏具禮迎其書如國中迎天子詔書之禮且言敵書到必欲上再拜親受之又欲以客禮到都堂見宰執二使既到以難從之事邀請于朝欲上受金國封册中外

惶駭三衙楊沂中等至都堂白宰執云聞朝廷欲贊主
上行屈己之禮恐軍民詾詾即某輩彈壓不得是時敵
使在館軍民皆出不平之語臣下惴惴慮生意外之變
傾都城百姓終夕不能寐而近甸常潤會稽之間民並
不安檜本主此議以人言紛紛亦於榻前求去要上決
意求和時樞密院編修官胡公銓上言議和之非乞斬
檜以謝天下校書郎范公如圭以書責檜曲學倍師忘
仇辱國之罪遺臭萬世禮部侍郎曾公開至堂抗聲引

古詛以折檜皆相繼眨逐方檜光焰熏灼人莫敢言獨公對言金人遣使請和事當緩而圖之謀以致之必於有成至於先事致屈欲行君臣之禮有大不可者上深悟其說以為當然十一月詔廷臣大議公手疏敷陳甚切謂陛下受敵之空言未有一毫之得乃欲輕祖宗之所付託屈身委命自同下國而尊奉之是倒持大阿以授之柄授人以柄危國之道而謂之和可乎又曰陛下令率國人以臣事醜類將何以責天下忠臣義士之氣

時羣臣心知臣事仇敵之非畏檜不敢辯爭皆同聲依
阿其抗論不屈者唯公一二人而已檜忽遣介通殷勤
邀公至私第曰政府方虛員苟和好無異議當以兩地
相浼公答曰某受國恩深厚何敢見利忘義顧今日之
事國人有不以為然者獨有一去可報捐公檜默然不
言次日公再上疏曰竊聞朝廷計議禮儀未定使人之
說多不可從臣反覆思之敵人陰謀吞噬欲成混一之
名故以土地宗族邀陛下金人敵國也卿士大夫國人

欽定四庫全書

所賴以為國者也今事未一得而先致屈坐失四海之心不可不慮臣自草萊屢被親擢思所以報陛下者唯盡忠而已茍顧避不言致陛下墮敵人之計失國人之心以貽後患臣之罪大矣又上疏言送伴使揣摩迎合意為身謀不恤社稷之計乞別選忠信之人協濟國事檜怒甚公復引疾請外上特諭大臣留之御筆有曰卿毋以輕去朕為高檜盡排羣論屈禮從和之議已決附會其說者或謂往年金人南犒趙公鼎為臺臣尚欲畫

江為界令乃以和議為非或謂向使在明州時主上雖
百拜亦不問士論靡然無所規正賴公等廷爭檜雖不
從亦知公議之可憚是以牽制再與使人計議稍殺其
禮如不受封册如宰執就館見使人受䕶書納入免於
主上屈體如改江南為宋改詔諭使名為國信若此類
者初檜不以從之為恥皆公等忠憤激切立論正救之
力惟君臣之禮迄不能爭九年春公凡再上疏懇歸田
里以徽猷閣直學士知筠州改知潭州公不鄙遠郡修

欽定四庫全書

崇儒化新作鄉校至今鄉人繪祠于學十年請祠歸隱連江西山傍其別業曰筠莊自號筠谿真隱時權臣誅逐異已者忠臣賢士相望落難公日戒家人治裝束擔以俟嶺外之命五月金國烏珠渝盟舉國中之兵分四道入侵十一年正月烏珠復簽兩河軍與蕃部凡十餘萬　淮西陷壽春人益信公廷争去國所論敵情反覆其言皆驗初檜主和諱戰排斥公等所奏至是檜乃言於上曰徳無常師主善為師臣昨見金國將帥有割地

之議故賛於從和令敵人和議已變當定攘伐之計檜亦自知前言之非而自遷其說至十二年秉敵兵之敗諸將之勝檜復收兵求和何鑄曺勛使命既通檜乃追仇向者盡言之臣十一月言者論在宰執則趙鼎王庶在侍從則曽開李某是四人者同心并力或因求對或緣上章必欲力沮和議于是公與曽公開並落職公處之裕如初無幾微忿懟之意晚歲著詩有曰十年去國心常赤可見公惓惓憂國之志公去國十五年不通時

宰書不請磨勘不丐任子不序封爵終其身焉二十三年二月三日公終于寓居蕭寺先檜兩年歿三十一年朝廷知公忠節詔追復敷文閣待制其制詞云人臣守堅正之論陳于王前朝廷有優渥之恩公于身後公學問純正操行端方為人衎易與人無忤處大事臨大節不為利回威怵凜然有不可犯之色居官廉而家益貧無一畝之田無一金之産獨藏書萬餘卷而已公立朝有直節而所典州皆有惠政公之為盧陵忠簡胡公銓

嘗作郡齋記謂公威令神行惠利川流是豈巧言令色四體若無骨者所能乎公之治臨漳考亭先生朱公熹後至為郡為文祭公曰紹興之初公在邇列力闢和議見忌權臣出守此邦治行亦著竟以讒回去郡卧家人懷其忠建此遺烈又奠公于學曰惟此廟學實公所遷人到于今追頌勞績矧惟忠慮抑壯前聞二邦之政人皆能誦之公取友必端與人交必忠必信初胡忠簡之貶也人雖高其節皆憚權臣莫敢與通公獨至其家為

之經紀其行且書十事以贈言曰有天命有君命不擇
地而安之曰唯君子困而不失其所亨曰名節之士猶
未及道更宜進步曰境界違順當以初心對治曰子厚
居柳築愚溪東坡居惠築鶴觀若將終身焉曰無我方
能作為大事曰天將任之必大有所摧抑曰建立功名
非知道者不能曰太剛恐易折須養以渾厚曰學必明
心記問辯說皆餘事丞相張忠獻公浚帥閩知公居無
屋耕無田嘗裒官之閑田千畝散屋百楹以遺公經輯

生理公力辭不受强之不可其安貧自樂身雖詘而道益高公遺藁有奏議三卷外制二卷議古三卷詩十卷雜文六卷公兄弟六人皆以儒業名節著聞於時長彌性嘗舉成均蚤亡次彌綸知台州次彌大歷河北河東宣撫副使大名尹刑部工部户部尚書將大用厄於權臣終老信州懷玉山次彌遜公也次彌中為上舍優等未命而卒次彌正為吏部郎兼史館秦氏當國上書論事言所難言臺臣指為趙忠簡黨人坐廢二十年公議惜

欽定四庫全書

之公殁之日檜尚在相位時賢避其勢焰無敢狀公之行銘公之墓是以其事不傳無以聞于太史氏諸孫僅拾其遺事大槩傳於家如立朝行己言行之可書者尚多所遺逸云

筠谿家傳

坦庵詞

趙師使

欽定四庫全書　　集部十

坦菴詞　　詞曲類　詞集之屬

提要

臣等謹案坦菴詞一卷宋趙師使撰師使字介之燕王德昭七世孫集中有和葉夢得徐俯二詞葢南宋初人也案陳振孫書録解題載坦菴長短句一卷稱趙師使撰陳景沂全芳備祖載梅花五言一絶亦稱師使與此本

互異未詳孰是葢二字點畫相近猶之田肯田宵史傳亦姑兩存耳毛晉刋本謂師使一名師俠則似其人本有兩名非事實也是集前有其門人尹覺序云坦菴為文如泉出不擇地詞章乃其餘事其摸寫體狀雖極精巧皆本情性之自然令觀其集蕭疎淡遠不肯為翦紅刻翠之文洵詞中之高格但微傷率易是其所偏師使嘗舉進士其官遊所及繫

以甲子見於各詞注中者尚可指數大約始
於丁亥而終於丁巳其地為益陽豫章柳州
宜春信豐瀟湘衡陽莆中長沙其資階則不
可詳考矣乾隆四十九年八月恭校上

總纂官臣紀昀臣陸錫熊臣孫士毅

總校官臣陸費墀

欽定四庫全書

坦菴詞

提要

坦菴詞序

詞古詩流也吟咏情性莫工於詞臨淄六一當代文伯其樂府猶有憐景泥情之偏豈情之所鍾不能自已於言耶坦菴先生金閨之彦性天夷曠吐而為文如泉出不擇地連收兩科如俯拾芥詞章迺其餘事人見其模寫風景體狀物態俱極精巧初不知得之之易以至得趣忘憂樂天知命兹又情性之自然也因為編次俾鋟諸木觀者當自識其胸次云門人尹覺先之序

欽定四庫全書

坦菴詞

序

一

欽定四庫全書

坦菴詞

宋 趙師使 撰

萬年歡

電繞神樞華渚流虹誕彌良用佳辰萬寓謳歌歸舞賓

歷增新四七年間盛事皇威暢邊鄙無塵仁恩被華夏

咸安太平極治懽聲 重華道隆德茂亘古今希有損

遜重闈聖子三宮歡聚兩世慈親幸際千秋聖旦霑鎬

宴普率惟均封人祝億萬斯年壽皇尊並高眞

水調歌頭 龍帥宴王公明

金鼎調元手玉殿渙恩華宣威蜀道曾見千騎擁高牙憑伏元樞籌略寬我宸旒西顧惠澤被幽遐為憶江城好南浦艤仙槎 格天心膺帝眷極褒嘉琳宫香火緣延還近玉皇家霖雨久思賢佐看即聲傳丹禁喚仗聽宣麻衮繡公歸去宰路築堤沙

又 春野亭送别

江亭送行客腸斷木蘭舟水高風快滿目煙樹織成愁咿軋數聲柔櫓拍塞一懷離恨指顧隔汀洲獨立滄茫外欲去强遲留　海山長雲水濶思難收小亭深院歌笑不忍記同游唯有當時明月千里有情還共後會尚悠悠此恨無重數和淚付東流

又　癸卯信豐送春

韶華能幾許節物歎推移羣花競芳爭艷無奈隙駒馳紅紫隨風何處唯有搏枝新緑暗逐雨催肥喬木鸎初

囀深院燕交飛　漸清和微扇暑日遲遲新荷泛水揺漾蘋藻弄晴漪百歲光陰難挽一笑歡娛易失莫惜酒盈巵無計留連住還是送春歸

又　萬載煙雨觀

江流清淺外山色有無中平田坡岍廻曲一目望難窮波面輕鷗容與沙際野航横渡不信畫圖工路入神仙宅翠鎖梵王宮　俯晴郊增勝槩氣横空雲林城市層列知有幾重重更上危亭高處從倚欄干虚敞象緯遍

璇穹要盡無邊景煙雨看空濛

又 戊申春陵用舊韻賦二詞呈族守德遠

人生如寄耳世態逐時移浮名薄利能幾方寸謾交馳羸足生涯隨分到眼風光可樂終不羨輕肥有志但長嘆無路且卑飛　恨年華何去速又來遲綠陰濃映池沼縠浪皺風漪囀千鸎聲睍睆滾地楊花飄蕩愛景惜芳巵此意誰能觧一笑任春歸

又

心景兩無著情物豈能移超然遠覽失笑名利苦紛馳一品官資榮顯百萬金珠豪富空自喜家肥會得個中理川湧與雲飛　靜中樂閒中趣自舒遲心如止水無風無自更生漪已是都忘人我一任吾身醒醉有酒引連卮萬法無差别融解即同歸

又和石林韻

世態萬紛變人事一何忙胸中素韜奇蘊匣劒豈能藏不向燕然紀績便與漁樵爭席擺脱是非鄉要地時難

得閒處且偏長　志横秋謀奪衆謾軒昂蠅頭蝸角微利爭較一毫芒幸有喬林脩竹隨分粗衣糲食何必計冠裳我已樂蕭散誰與共平章

又　丁巳長沙壽王樞使

台星明翼軫和氣滿瀟湘長懷勝處地靈應産股肱良共仰三朝元老要識一時英傑人物自堂堂直氣薄霄漢德望聳巖廊　擁貔貅森棨戟鎮藩方折衝樽俎春融花柳侑壺觴兩世麟符玉節九郡恩風惠雨仁者壽

宜長鳳詔來丹闕繡衮覲明光

滿江紅 甲午豫章和李思永

渺渺春江迷望眼蒲萄漲緑春過也瀟疎庭户寂寥心目念遠不禁啼鴂鬧愁多易遣脩蛾蹙向小窗時把綵牋看翻新曲　晴晝永便新浴相思淚不成哭空無言顒頷暗銷肌玉目斷碧雲無信息試憑青翼飛南北聽掀簾疑是故人來風敲竹

又 辛丑赴信豐舟行贛石中

煙浪連天寒尚峭空濛細雨春去也紅銷芳徑綠肥江
樹山色雲籠迷遠近灘聲水滿忘糦阻挂片颿掠岍晚
風輕停煙渚　浮世事皆如許名利役驚時序歎清明
寒食小舟為旅露宿風飡安所賦石泉榴火知何處動
歸心猶賴翠煙中無杜宇

又 王子秋社莆中賦桃花

露冷天高秋氣爽千林葉落驚初見小桃枝上盛開紅
蕚淺淡胭脂經雨洗剪裁碼碯如雲薄問素商何事闢

春工施丹雘　共容苑顔如灼曾暗與花王約要棄秋名字並傳京雒回首瑤池高宴處桂花香裏驂高鵠但莫教容易逐西風輕飄却

又丙辰中秋定王臺即席餞富次律

涼入三湘秋氣爽江澄沙白人欲去離愁黯黯莫留行色盡在中朝陪鵷鷺暫來南楚分風月與元樞鶚薦芙扶搖朝天闕　皇華使和戎策西府贊中興傑有緇衣同羨武公勛烈檣燕已知添別意驪駒誰為歌新闋恨

此情如月過中秋圓還缺

又 丁巳和濟時几宜送春

去去春光留不住情懷索莫那堪是日長人困雨餘寒薄葉底青青梅勝豆枝頭顆顆花留蕚歎流年空有惜春心憑春酌　歌美酒誰酹酢非與是忘今昨且隨時隨分強歡尋樂世事燕鴻南北去人生烏兔東西落問故園不負送春期明年約

沁園春 和伍子嚴避暑二首

雨接梅霖風祛槐暑麥天已秋正榴燃紅炬枝頭色豔荷翻綠蓋池面香浮心景俱清身名何有且向忙中早轉頭塵勞事枉朝思夕計細慮深謀 悠悠不復徼求但安分隨緣休便休縱官居極品徒為羨玩家稱鉅富未免閑愁遇酒開顏逢歡樂意有似木人騎土牛從他笑看一朝解悟入極遨遊

又

羊角飄塵金烏爍石雨涼忿秋有虛堂臨水披襟散髮

紗幮霧卷湘簟波浮遠列雲峰近綠荷氣臥看文書琴枕頭蟬聲寂向莊周夢裏栩栩無謀　茶甌醒困堪求麤飽飯安居可以休算翛閒靜勝吾能自樂榮華紛擾人謾多愁君嬾非癡覺迷是病一力那能勝九牛但休閒且追尋觴詠知友從游

酹江月　題趙文炳此屏

枕山平遠記當年小閣牙床曾展圍幅高深春晝永寂寂重簾不捲櫂艤西湖人歸南陌酒暈紅生臉困來無

那王肌小倚嬌軟　堪恨身在天涯曲屏環枕此意何由見想像高唐無夢到獨擁閒衾展轉物是人非山長水闊觸處思量徧愁遮不斷夜闌依舊斜掩

又 丙午螺川

飄流蹤跡趁春來還趁春光歸去九十韶華能幾許著意留他不住攢柳催花摧紅長翠多少風和雨蜂閙蝶怨盡憑枝上鸎語　歸櫂去去難留桃花浪煖綠漲迷津浦回首重城天樣遠人在重城深處惜別愁分凝暗

有淚總寄陽關句不堪腸斷恨隨江水東注

又 乙未白蓮待踐對

斜風踈雨正無聊情緒天涯寒食煙重雲嬌春爛熳却得輕寒邀勒柳褪鵝黃池添鴨綠桃杏渾狼藉亂山深處尚留些子春色 海燕未便歸來踏青鬬草誰與同尋覔杜宇多情芳樹裏只管聲聲歷歷似勸行人不如及早作箇歸消息休教腸斷夢魂空費思憶

又 乙未中元自柳州過白蓮

曉風清暑映湖光如練山光如染十里荷花香滿路飛
葢斜欹粧靣一葉扁舟數聲柔櫓陡覺紅塵遠六橋三
塔恍然圖畫中見　因念當日三賢兩山佳處應也經
行遍琢月吟風無限句景物隨人俱顯賀監風流玄真
清致我亦情非淺漁簑投老利名何用深羨

又　信豐賦茉莉

化工何意向天涯海嶠有花清絶縞袂緑裳無俗韻不
畏炎荒煩熱玉骨無塵氷姿有艷雅淡天然别真香冶

態未饒紅紫春色　底事口落江南水仙兄弟端自難優劣瘴雨蠻煙魂夢遠寧識溪橋霜雪薝蔔同芳素馨為伴百和清芬爇淒然風露夜涼香泛明月

又　萬載龍江眼界

平生奇觀愛登高臨遠尋幽選勝欲上層巔窮望眼一半崎嶇危徑萬瓦鱗鱗四山簇簇咫尺疎林映山川城郭恍然多少清興　殘照斜斂餘紅橫陳平遠一抹輕煙暝何處飛來雙白鷺點破遥空澄瑩鶴嶺雲平龍江

波渺不羨瀟湘詠襟懷舒曠曲欄倚了還凭

又 足樂園牡丹

韶華婉娩正和風遲日暄妍清晝紫燕黃鸝爭巧語催老芬芳花柳灼灼花王盈盈嬌豔獨殿春光後鶮翎初拆露霑香沁珠溜 遥想京洛風流姚黃魏紫間綠如鋪繡小蓋低回雕檻曲車馬紛馳園囿天雨曼珠玉槃金束占得聲名久留連朝暮賞心不厭芳酒

促拍滿路花 信豐黃師尹跳珠亭

栽花春爛熳疊石翠巑岏小亭相對倚數峰寒主人尋勝接竹引清泉踏破蒼苔地一掬泓澄六花疑是深淵山前六花小池向閒中百慮翛然情事寄鳴絃爐香陪茗椀可忘言噴珠濺雪歷歷聽潺湲塵世知何計不老朱顏靜看日月跳丸

又 瑞蔭亭贈錦屏苗道人

連枝蟠古木瑞蔭映晴空桃江江上景古今同忙中取靜心地儘從容埽盡荊榛蔽結屋誅茆道人一般家風

任烏飛兔走匆匆世事亦何窮官閒民不擾吏年豐簞瓢雲水時與話西東眞樂誰能識兀坐忘言浩然天地之中

永遇樂 重明節

金昊行秋季商同律天氣佳處瑞應皇家祥開聖旦寶歷綿基祚瑶池人祝鈞天樂奏湛露宴均寰宇萬花覆千官盡醉盛事頓超今古 中興天統四三傳亭揖遜自歸明主黄屋非心蘿圖有永還付當今主希夷高蹈

壽康長保五世祖孫懽聚尊之至千秋令節萬年聖父

又 甲午走筆和岳大用梅詞韻

秋滿衡皐淡雲籠月晚來風勁一抹残霞數聲過鴈還是黄昏近憑高臨遠倚樓凝睇多少斷愁幽興聽漁村鳴榔隱隱別浦暮煙冉冉 湘妃起舞芳蘭紉佩約略亂峰雲鬟景物悲涼楚天澄淡過盡歸颿影斜陽低處遠山重疊蕭樹亂鴉成陣空無言欄干凭暝悶懷似困

又 為盧驥文彖金林擒賦

日麗風暄晴催春去春尚留戀香褪花梢苔侵柳徑窓
幄清陰展海棠零亂梨花淡竚初聽鬧空鸎燕有輕盈
姸姿靚態緩步閬風仙苑　緑蔭紅蕚芳鮮柔媚約畧
試粧深淺細葉來禽長梢戲蝶簇簇枝頭見駝顏鬒髮
春愁無力困倚畫屏嬌軟只應怕風欺雨横落紅萬點

風入松 戊申沿檄衡永舟泛瀟湘

溪山佳處是湘中今古言同平林遠岫渾如畫更漁村
返照斜紅兩岸荻風策策一江秋水溶溶　蒼崖石壁

景尤雄人自西東利名汩沒黄塵裏又那知清勝無窮何日輕舠蓑笠持竿獨釣西風

鳳凰閣 己酉歸舟衡陽作

正薰風初扇梅黄暑溽並摇雙槳去程速那更黄流浩淼白浪如屋動歸思離愁萬斛　平生奇觀頗快江山寓目日斜雲定晚風熟白鷺飛來點破一川明緑展十幅瀟湘畫軸

蝶戀花 戊戌和鄧南秀

柳眼窺春春漸吐又是東風揺曳黄金樹宜入新春聞好語一聲處處催畊雨　未有花鬚金縷縷醉夢悠颺似蝶翩躚舞一枕仙遊何處去覺來依舊江南住

又　己亥同常監游漢陽洞題肯堂壁

春到園林能幾許昨夜踈踈過却催花雨暎日晴嵐原上路雕鞍暫繫芳菲樹　仙洞同遊皆勝侶飜憶年時醉裏曾尋句要與龍江春作主翩然又趁東風去

又　癸卯信豐賦芙蓉

剪剪西風催碧樹亂菊殘荷節物驚秋暮綠葉紅苞迎曉露錦屏繡幄圍芳圃　塵世鸞驂那肯駐尚憶層城仙苑飛瓊侶芙蓉牡丹爭幾許惜花對景聊為主

又 道中有朁二色菊花

百疊霜羅香蕊細嫋嫋垂鈴綴簇黃金碎獨占九秋風露裏芳心不與群花比　采采東籬今古意秀色堪餐更惹蘭膏膩不用南山橫紫翠悠然消得因花醉

又 臨安道中賦梅

剪水凌虚飛雪片認得清香雪樹深深見傅粉凝酥明玉艷含章簷下春風面　照影溪橋情不淺羌管聲中疊恨傳幽怨隴首人歸芳信斷萬重雲水江南遠

又　戊申秋夜

夜雨鳴簷聲录蔌薄酒澆愁不郍更籌促感舊傷今難舉目無聊獨剪西窗燭　彈指光陰如電速富貴功名本自無心逐糲食麄衣隨分足此身健他何欲

又　丙辰嫣然賞海棠

春入園林新雨過次第芳菲惹起情無那蜀錦青紅初剪破枝頭點點胭脂顆　柳帶隨風金嫋娜隱映餘霞爍爍紅雲墮高燭夜寒光照坐只愁沉醉誰扶我

又 用宜笑之語作

解語花枝嬌如朶不為傷春愛把眉峰鎖宜笑精神偏一個微渦媚靨櫻桃破　先自腰肢常嫋娜更被新來酒飲頻過火茶飲不權猶自可臉兒瘦得些些娘大

鷓鴣天 壬辰豫章惠月佛閣

煙靄空濛江上春夕陽芳草渡頭情飛紅已逐東風遠
嫩緑還因夜雨深　情脉脉思沉沉捲簾愁與暮雲平
闌干倚徧東西曲杜宇一聲腸斷人

又　豫章大閲

玉帶紅花供奉班裏頭新樣總宜男闊裝鞍轡青驄馬
帖體衣裳紫窄衫　雲鬟重黛眉彎内家粧束冠江南
輕裘緩帶風流帥錦纈叢花擁騎還

又　揖翠晚望

榕葉陰陰未著霜淺寒猶試夾衣裳霧濃煙重遥山暗
雲淡天低去水長　風淅瀝景淒涼亂鵶聲裏又斜陽
孤颿落處鷺鷗飛映書空雁字行

又　七夕

一葉驚秋風露清砌蛩初聽傍窗聲人逢役鵲飛烏夜
橋渡牽牛織女星　銀漢淡莫雲輕新蟾斜挂一鈎明
人間天上佳期處涼意還從過雨生

又　湘江舟中應叔索賦

風定江流似鏡平斜陽天外挂微明雲歸遠岫千山暝
霧映疎林一抹横　漁火細釣絲輕黄塵撲撲謾爭榮
何時了却人間事泛宅浮家過此生

又　贈妙惠

妙曲清聲壓楚城蕙心蘭態見柔情凌波穩稱金蓮步
蘸甲從教玉笋斟　歌緩緩笑吟吟向人真處可憐生
仙源幸有藏春處何事乘風逐世塵

又　丁巳除夕

爆竹聲中歲又除頓回和氣滿寰區春風解綠江南樹不與人間染白鬚　殘蠟燭舊桃符寧辭末後飲屠蘇歸歟幸有園林勝次第花開可自娛

柳梢青 祭戶 立春

節物推移青陽景變玉琯灰飛綵仗泥牛星毬雪柳爭報春回　綵金縷玉蟠兒更斜裊東風應時宜入新春人隨春好春與人宜

又 荼蘼 屏

紅紫凋零化工特地剪玉裁瓊碧葉叢芳檀心點素香
雪團英柔風喚起娉婷似無力斜欹翠屏細細吹香
盈盈浥露花裏傾城

又 和趙顯祖

漠漠輕陰養花天氣乍晴還明曲徑風微蜂迷紅片蝶
趂游人 平蕪極目青青謾悵望誰招斷魂柳外愁聞
鸎雛喚友鳩婦呼晴

又 黄梔林送李粹伯

料峭餘寒元宵欲過燈火闌珊宿酒難醒新愁未解揺兀吟鞍　深林百舌關關更雨洗桃紅未乾野焼痕青荒陂水滿春事何堪

又富陽江亭

煙斂雲収夕陽斜照莫色遲留天接波光水涵山影都在扁舟　虚名白盡人頭問來往何時是休潮落潮生懐山越嶺依舊臨流

又聚入山花

人間春足一番紅紫水流風逐戲蝶初閒輕摇粉翅高低飛撲　雨昏煙暝增明似積雪枝間睓緑后土瓊芳蓬萊仙伴葢紛香粟

又　上部武熙春臺席上呈修可叔

矯首遐觀崇臺徙倚心目俱寛一水縈藍羣峰聳翠天接高寒　平生江北江南總未識欄中好山雨暗前汀雲生衣袂身勸躋攀

又　王子莆陽壺山閣

暑懷煩鬱危欄徙倚凝情獨立榕葉連陰橫岡接秀壺峰凝碧　海山雲樹微茫更無數歸颿莫集却憶瀟湘孤村煙渚晚風斜日

又　鑑止月下賞蓮

水滿方塘菰蒲深處戲浴鴛鴦燦錦舒霞紅幄綠蓋時遞幽香　天弓摇挂孤光映煙樹雲間渺茫散髮披襟都忘身世真是仙鄉

又　和張伯壽紫笑詞

濃碧摶枝柔黃襯紫獨殿春風蓝菑輕盈甘瓜馥郁葉萼相重人生一笑難同更餘韻都藏笑中日助清芬酒添風味須與從容

浣溪沙 癸巳豫章

日麗風和春晝長杏花枝上正芬芳無情社雨亦何狂一洗嬌紅啼嫩臉半開新緑映残粧畫梁空有燕泥香

又 滕王閣席上贈段雲輕

落日沉沉墮翠微斷雲輕逐晚風歸西山南浦畫屏圍
一目波光明欲溜兩眉山色翠常低須知人與景相
宜

又 鳴山驛道中

松雪紛紛落凍泥棲禽猶困隱枝低茆簷冰柱玉鞭垂
流水濺濺春意動羣山爍爍曉光迷朔風寒日度雲
遲

又 螺川從善席上政别

不比陽關去路賒使君行即返京華清江江上是吾家
聚散有時思夜雨留連無計勸流霞紅愁緑慘一川
花

又　鑑止宴坐

雪絮飄池點緑漪舞風游漾燕交飛陰陰庭院日遲遲
一縷水沉香散後半甌新茗味回時儵閒萬事總忘
機

又　鴛鴦紅梅

本是孤根傲雪霜肌膚不肯浣鉛黄要隨塵世淺匀粧似杏著花尤燦燦比梅成實自雙雙青枝巧綴碧鴛鴦

菩薩鬘癸巳自豫章旋里

扁舟又向灘灘去危檣却繫江頭樹風送雨聲來涼生真快哉　電光雲際掣白浪天相接不用怯風波風波平地多

又

嬌花媚柳新粧靚裙邊微露雙鴛並笑靨最多情春從兩臉生　香羅縈皓腕翠袖籠歌扇餘韻遏雲低梁塵簌簌飛

又

晚風斷送歸飈急重城回首天連碧猶有小樓情西山如舊青　故園今漸近應卜燈花信一喜一嗟縈平分兩處心

又　用三謝詩故人心尚遠故心人不見之句

故人心　上如天遠故心人更何由見腸斷楚江頭淚和江水流　江流空滚滚淚盡情無盡不怨薄情人人情逐處新

又　瑞鷓　秋望

小春愛日融融暎危亭望處晴嵐滿江靜緑迴環横陳無際山　清霜欺遠樹黄葉風扶去試探嶺頭梅點紅開未開

又　可人　每由

璚英為惜輕飛去可人妙筆移縑素瀟灑向南枝永無
開謝時　閨房難並秀自是春風手何必問逃禪人間
水墨仙

又　韻勝竹屏

多情可是憐高節濡毫幻出真清絶雨葉共風枝天寒
人倚時　蕭蕭襟韻勝堪與梅兄並不用翠成林坡仙
曾賞音

又　玉山道中

霜風落木千山遠護霜雲散晴曦映瀟灑小旗亭山花照眼明　粉粧勻未了一捻春風小把酒恨匆匆深情眉媚中

又　梅林渡寄興伯

行舟蕩漾鳴雙槳江流為我添新漲指顧隔汀洲人歸心尚留　陽關三疊舉怨柳離情苦何似莫來休不來無許愁

又　永州牧人亭和聖徒季行韻

故人話別情難已故人此別何時會江上駐危亭離懷牽故情 悠悠東去水簇簇漁村市應記合江濵瀟湘別故人

又春陵迎陽亭

西風又老瀟湘樹翩翩黃葉辭枝去斜日淡雲籠溪山煙靄中 危闌閒獨倚縠浪連天際殘角起江城書空征雁橫

又辛亥二月雪

東皇不受人間俗爲嫌花柳紛紅緑特地闕春和連延雨雪多　梅梢封玉蕋春半開猶未還恐怨韶華吹綿作柳花

又　鑑止蓮花　穿闌干開

水風葉底波光淺亭亭翠葢紅粧面六月下塘春平鋪雲錦屏　露涼輕點綴緑映珍珠袂渾似太真妃倚闌嬌困時

好事近　金絲海棠

紅杏已香殘惟有海棠堪惜天氣著花如酒醉嬌紅無力　娉娉嫋嫋倚東風柔媚忍輕摘憑伏莫寒要佳賞錦川春色

又 癸巳催粧

雲度鵲成橋青翼已傳消息綵仗藍宮初下應人間佳夕　龍煙縹緲散粧樓香霧擁瑶席準擬洞房披扇看仙家春色

醉蓬萊 重明節丙辰長沙

正金風零露玉宇生涼晚秋天氣華渚流虹應生商佳瑞電繞神樞慶綿宗社御寶圖宸極脱屣塵凡遊心澹泊逍遥物外　聖子神孫祖皇文母上接三宫下通五世至盛難名亘古今無比誕節重明燕樂和氣動普天均被壽祝南山尊傾北海臣隣歡醉

漢宫春 壬子莆中鹿鳴宴

丹詔天飛見皇家願治側席英才鴻儒抱負素藴壯志興懷文場戰勝便從此脱迹蒿萊人共羨鹿鳴勸駕還

因計吏偕來　先春占早爭開是人間第一唯有江梅
葥中舊傳盛事六亞三魁桃花浪暖更平地聽一聲雷
藍綬嬝蘆韉駿馬長安走徧天街

廳前栁

晚秋天過莫雨雲容斂月澄鮮正風露淒清處砌蛩喧
更黃黃舞翩翩　念故里千山雲水隔被名韁利鎖縈
牽莫作悲秋意對尊前且同樂太平年

又丹桂

景清佳正倦客凝秋思浩無涯遙十里香芬馥桂初華向碧葉露芳葩　為粟粒鵝兒情淡薄倩西風染就丹砂不比黃金雨燦餘霞送幽夢到仙家

訴衷情 鑑止 初夏

清和時候雨初晴密樹翠陰成新篁嫩摇碧玉芳徑綠苔深　雛燕語乳鸎聲暑風輕簾旌微動沉篆煙消午枕除清

又 莆中酌獻白湖靈惠妃三首

神功聖德妙難量靈應著莆陽湄洲自望仙境宛在水中央　孚惠愛備祈禳降嘉祥雲車風馬聆鑾來歆桂酒椒漿

又

茫茫雲海浩無邊天與水相連舳艫萬里來往有禱必安全　專掌握雨暘權屬豐年瓊卮玉醴饗此精誠福慶綿綿

又

威靈千里護封圻十萬户歸依白湖宮殿雲聳香火盡
虔祈　傾壽酒誦聲詩諒遥知民康俗阜雨潤風滋功
與天齊

一翦梅 甫中賞梅

雪裏盈盈玉破花遐想風流歷盡京華點酥團粉任歆
斜獨露春妍問誰似他　有酒何須稚子賒訪戴歸來
倚櫂津涯人生得意定談誇除却西湖不記誰家

又 丙辰東長沙作

暝日烘梅冷未甦脱葉隨風獨見枯株先春占早又何如玉點枝頭猶自蕭踈　江北江南景不殊雪裏花清月下香浮它年調鼎費工夫且與藏春處士西湖

朝中措　莆中共樂臺

斜陽留照有餘紅煙靄淡冥濛麥隴青揺一路前山翠失雙峰　高臺徙倚松飄逸韻梅減氷容俯眎塵寰如掌翩然我欲乘風

又

踈踈簾幙映娉婷初試曉粧新玉腕雲邊緩轉修蛾波上微顰 鉛華淡薄輕匀桃臉深注櫻唇還似舞鸞窺沼無情空惱行人

又 乙未中秋麥湖舟中

西風著意送歸船家近總欣然去日梅開爛熳歸時秋滿山川 京華倦客難堪羈思歷盡愁邊寄語姮蛾休笑月圓人亦團圓

又 山樊

亂山春過雪成堆七里遍香同蓋簇玲瓏金粟花裝碎屑玫瑰　蘭衰梅謝桃粗李俗誰與追隨清絶殿春仙侶清風吹破荼蘼

又　月季

開隨律琯度芳辰鮮豔見天真不比浮花浪蕊天教月月常新　薔薇顏色玫瑰態度寶相精神休數歲時月季仙家欄檻長春

又　丁亥益陽賀王宜之

眉閤黄色喜何如花縣拜恩初五品榮頒命服十行祗
奉天書　萱堂繡閣均封大邑盛事同居此日銀章朱
紱行看玉帶金魚

點絳唇 和翁子西

日煥風暄殿春瓊蕋依臺榭雪堆花架不用丹青寫
瑩徹精神映月唯宜夜幪香帕倩風扶下碎玉殘粧卸

又

漠漠春陰褪花時候餘寒峭數聲啼鳥喚起簾櫳曉

雲鬟慵梳淡拂春山小情多少亂縈愁抱風裏垂楊裊

又 同曾無玷觀沉賽娘棊

裊裊娉娉可人尤賽娘風韻花嬌玉潤一捻春期近占籌藏機巳向碁中進但休問酒旗花陣早晚爭先勝

撲蝴蝶

清和時候曉風來小院琅玕脫籜方塘荷翠颭柳絲輕度流鶯畫棟低飛乳燕園林綠陰初遍景何限 輕紗細葛綸巾和羽扇披襟散髮心清塵不染一盃洗滌無

餘萬事消磨去遠浮名薄利休羨

醉桃源 桐江舟中

微雲埽盡碧虛寬月華光影寒山河表裏鑑中看沉沉清夜闌　風細細露溥溥神遊八極閶九霄回首望塵寰悠然醉夢還

又 單葉荼蘼

纖枝延蔓走青虬風清體更柔故饒檀蕊著花稠疎疎如綴旒　瓊作靨玉成裘玫瑰應輦流惜香愁怕頻搔

欽定四庫全書

頭寧隨口事休

又

杜鵑花發映山紅韶光覺正濃水流紅紫各西東緑肥春巳空　閒戲蝶嬾遊蜂破除花影重問春何事不從容憂愁風雨中

賀聖朝 和宗之梅

千林脱落羣芳息有一枝先白孤標踈影壓花叢更清香堪惜　吟情無盡賞音未巳早紛紛藉藉想貪結子

去調羮任呌雲横笛

踏莎行

白雪開残紅雲吹盡園林新緑迷芳徑榆錢不解買青春隨風亂點蒼苔暈　紫燕飛忙黄鸝聲嫩日長煙暎游蜂困憑高念遠思無窮郵堪宿酒縈春病

又

萬事隨緣一身湏正功名富貴皆前定多圖廣計要爭強如何人力將天勝　極費機謀徒勞犇競到頭畢竟

由他命安時處順得心閒飢餐困寢𧏮賢甚

憶秦娥 和劉希宋

傷離索不堪涼月穿珠箔穿珠箔料應別後粉鎖瓊削

無聊倚徧西樓角枝頭幾惧驚飛鵲驚飛鵲先來顦

顇更逢揺落

武陵春 和王叔度桃花

一陣曉風花信早先到小桃枝冉冉紅雲映翠微開宴

憶瑶池 零亂分飛貪結子芳徑自成蹊消得劉郎去

路迷腸斷武陵溪

又 信豐揖翠閣

乍雨籠晴雲不定芳草緑纖柔燕語鶯啼小院幽春色二分休 試凭危欄凝遠目 山與水光浮滚滚閒愁逐水流流不盡許多愁

清平樂 萍鄉泌東館

舞風輕燕繚繞深深院晝永人閒簾不捲時聽鶯簧巧囀 清和天氣陰陰南風初奏瑶琴喚起午窗新夢愁

添一掬歸心

又 陽春亭

一宵風雨春與人俱去春解再來花作主只有行人無據慇勤滿酌離觴陽關唱起愁腸苦恨無情杜宇聲聲叫斷斜陽

又 迎春花一名金腰帶

纖穠嬌小也解爭春早占得中央顏色好裝點枝枝新巧東皇初到江城慇勤先去迎春乞與黃金腰帶壓

持紅紫紛紛

鵲橋仙 歸舟過六和塢

風波平地塵埃撲面總是爭名競利悟時不必苦貪圖但言任流行坎止　忽來忽去何榮何辱天也知人深意一颿風送過桐江喜跳出瑠璃井裏

又

同雲空羃狂風浩浩激就六花飛下山川滿目白模糊更茅舍溪橋瀟灑　玉田銀界瑶林瓊樹光映乾坤不

夜行人不為旅人忙怎解識天然圖畫

又同敎國華飲閶

又啼鵑即席作

春光已莫花殘葉密更值無情風雨斜陽芳樹翠煙中又聽得聲聲杜宇 血流無用離魂空斷只撓淒涼為旅在家誰道不如歸你何似隨春歸去

又丁巳七夕

明河風細鵲橋雲淡秋入庭梧先墜摩孩羅荷葉傘兒輕總排列雙雙對對 花瓜應節蛛絲卜巧望月穿針

樓外不知誰見女牛忙謾多少人間歡會

謁金門

風和雨又送一番春去春去不知何處住惜春無覓處柳老空搏香絮鸎嬌乍遷芳樹回念故園如舊否不堪聞杜宇

又 丁酉冬昌山渡

江水綠江上數峰如簇喚渡小舟來岸北筍輿行太速素豔窗紗籠玉不負看花心目今夜知他何處宿斷

魂沙路曲

又 舭岡逕陸尉

沙畔路記得舊時行處藹藹疎煙迷遠樹野航橫不渡竹裏疎花梅吐照眼一川鷗鷺家在清江江上住水流愁不去

又

風雨急紅紫又還狼籍嫩綠園枝苔徑濕簾開雙燕入院靜晝閒人寂一縷水沉煙直心事有誰能會得堦

前芳草碧

又 常山道中

風策策山逈莫煙橫白淅瀝穿林翻敗葉羈懷愁倦客問宿荒村山驛誰識離情脉脉雁足無書孤夜色音塵千里隔

又 和從善二首

花夜雨渺渺綠波南浦擘絮情雲山外吐凝情誰共語十二玉梯空竚閒却瑣窗朱戶久客念歸歸未許寸

心愁萬縷

又

風雨半春鎖綠楊深院幙浪不飜香穗捲輕寒閒便面歸興新來不淺勾引閒愁撩亂一枕春酲誰與管曉鸎驚夢斷

東坡引　別周誠可

相看情未足離觴已催促停歌欲語眉先蹙何期歸太速　如今去也無計追逐怎忍聽陽關曲扁舟後夜灘

頭宿愁隨煙樹簇愁隨煙樹簇

又癸巳豫章

飛花紅不聚都因夜來雨枝頭冷落情如許東風誰是主　看看滿地堆却香絮但目斷章臺路殘英剗盡留春住春歸何處去春歸何處去

又龍江趙去非席上

盃行情意密今宵是何夕行人　此别真堪惜愁腸空悶鬱　明朝去也回首相憶要留戀如何得無端聚雨飄

何急人來心上滴人來心上滴

生查子 宜春記賓亭別王希白

梅從隴首傳柳向郵亭折鴛瓦曉霜濃掠面凝寒色
相逢意便親欲去如何説我亦是行人更與行人別

又 萍鄉陽春亭

千山擁翠屏一水縈羅帶雨過水痕添雲散山容在
亭高景最幽天迴風尤快啼鳥一聲聞喚起情無奈

又

遲遲春晝長冉冉東風軟寒食乍晴天紅紫芳菲遍
前峰積翠横新漲挼藍遠向晚淡煙迷一段屏山展

又 丙午鐵爐岡同

春光不肯留風雨催將去紅逐故園塵緑滿江南樹
陰晴寒食天寂寞西郊路芳草織新愁悵望人何處

又

庭虚任雀喧院静無人到回首十年非賴得知幾早
心隨香篆銷意與梅花好萬事轉頭空一笑吾身老

少年遊 梅

玉壺氷結莫天寒朔吹繞闌干雪破梢頭香傳花外春信入江南 怨檐索笑情何限一點已微酸待得黃昏冥冥煙雨綠樹㬅金丸

又

氷霜凝凍臘殘時暝律漸推移緑服羅幡土牛春杖和氣與春回 花心柳眼知時節微露向陽枝喜入新春稱心百事如意想都宜

小重山 農人以夜雨晝晴爲夜春

樂歲農家喜夜春朝來收宿霧快新晴雲移日轉午風輕香羅薄瞳曨困游人　積水滿春塍緑波翻鬱鬱露秧針幸無離緒苦牽情煙林外時聽杜鵑聲

霜天曉角 三衢道中

雨餘風勁霧重千山暝茆舍寒林相映分明是畫圖景　去程何日定天遠長安近喚起新愁無盡全没箇故園信

又 舟行 清溪

艤舟石磧秋淨波澄碧極目青山橫遠懸崖斷擁蒼壁傍岩漁艇集渡頭人物立八景瀟湘真畫雲籠日晚風急

江南好

天共水水遠與天連天淨水平寒月漾水光月色兩相兼月映水中天　人與景人景古難全景若佳時心自快心還樂處景應妍休與俗人言

關河令 清遠軒晚望

亭皋霜重飛葉滿聽西風斷雁閒凭危闌斜陽紅欲歛

行人歸期太晚誤鬢髮征帆幾點水遠連天愁雲遮

望眼

又 己亥宜春舟中

江頭伊軋動柔櫓漸楚天欲莫浩蕩輕鷗波間自容與

岸蓼汀蘋無緒更滿目瀟疎江樹此意何窮憑誰圖

畫取

採桑子 三月晦必東館大雨

連朝雨驟驅春去瓦注盆傾不記初春潤柳催花忒有情 春光解有重來日寧耐休爭待得秋深聽你無聊點滴聲

又 櫻桃花

梅花謝後櫻花綻淺淺匀紅試手天工百卉千葩一信通 餘寒未許開舒妥怨雨愁風結子筠籠萬顆匀圓訝許同

浪淘沙 杏花

絳萼襯輕紅綴簇玲瓏夭桃繁李一時同獨向枝頭春意閙嬌倚東風 飛片入簾櫳粉淡香濃鳳簫聲斷月明中只恐明朝風雨惡燕觜泥融

又 桃花

桃萼正芳菲初占春時蒸霞爍錦望中迷料出繁枝臨曲沼鸞鑑粧遲 蜂蝶鎮相依天氣融怡空教追憶武陵溪片片漫隨流水去風颭煙霏

又 柳

揺曳萬絲風輕染煙濃鵝黄初褪緑茸茸雨洗雲嬌春向晚雪絮空濛車馬灞橋中别緒匆匆只知攀折怨西東不道曉風殘月岸離恨無窮

雙頭蓮令 信豐雙蓮

太平和氣兆嘉祥草木總成雙紅苞翠葢出横塘兩兩鬬芬芳　榦揺碧玉並青房仙髻擁新粧連枝不解引鸞皇留取映鴛鴦

畫堂春 梅

西真仙子宴瑶池素裳瓊豔冰肌瑞籠香霧撲銖衣鳳翥鸞飛 玉骨解凌風露鉛華不涴凝脂戍樓羌管正孤吹月淡煙低

南柯子 送朱辰州干方壺小隱

木落千山瘦風微一水澄清霜暎日快歸程喚渡沙頭欵欵話離情 傍岸漁舟集横空鴈字輕凭闌凝望眼增明一片瀟湘真個畫難成

西江月 丁巳長沙大閲

鐃鼓旌旗改色弓刀鎧甲增明攢花簇隊馬蹄輕稟聽元戎號令 羊祜輕裘臨陣亞夫細柳屯營觀瞻已聳定王城飛虎成名日振

又 同蔡受之趙中甫登城飲于南楚樓

淼淼澄清波面依依紫翠山光危欄徙倚對斜陽山影波流蕩漾 世事一番醒醉人生幾度炎凉高情収拾付觥觴何至羲皇人上

洞仙歌 丁巳元夕大雨

元宵三五正好嬉遊去梅柳蛾蟬鬭濟楚換鬟兒添頭面只等黃昏恰限有些子無情風雨　心忙腹熱沒頓渾身處急把燈臺炎艾炷做匙婆許蔥油麵灰畫葫蘆更漏轉越瞇不停不住待歸去猶自意遲疑但無語空將眼兒廝覷

南鄉子 尹先之索淨圓子詞

元夜景尤殊萬斛金蓮照九衢鎚拍鼓湯都賣得爭如

甘露盃中萬顆珠　應是著工夫腦麝濃熏費小厨不比七夕黄蠟做知無要底圓兒糖上浮

行香子

春日遲遲春光熙熙漸郊原芳草萋萋夭桃灼灼楊栁依依見燕喃喃蜂簇簇蝶飛飛　閒庭寂寂曲沼漪漪更秋千紅索垂垂遊人隊隊樂意嬉嬉盡醉醺醺歌緩緩語低低

卜筭子 立石道中

晴日斂春泥陌上東風軟料峭寒禁花柳閒枉恨春工淺緑漲一江深黛潑千山遠目斷平蕪無際愁數盡征鴻點

又 丙午春即席和從善

楊柳褪金縷豔杏搖紅影欲雨還晴二月天春色渾無定 曉夢不堪驚午晝新來永一掬歸心萬疊愁空惹長亭恨

又 和從善壽安堂賞海棠

嬌豔醉楊妃輕裊憐飛燕人在昭陽睡足時初試粧深淺一段錦新裁萬里來何遠高燭休教照夜寒媚臉融春豔

又 和徐師川韻贈歌者

綠暗柳藏煙紅淡花經雨更著如花似玉人豔態嬌波注纖手捧瑤卮緩遏歌雲縷只恐鶯花不解留還逐東風去

又 赴春陵和向伯元送行詞

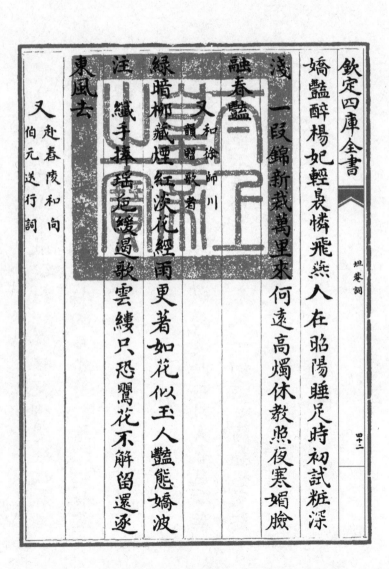

雲斂峭寒輕雨漲春波瀰旅枕無堪夢易驚啼鴂聲催

曉　尚憶故園花紅紫為容好世路崎嶇長短亭來往

何時了

伊洲三臺　丹桂

桂華移自雲岩更被靈砂染丹清露洗酡顏醉乘風下

臨世間　素娥襟韻蕭閒不與羣芳並看蔌蔌絳綃單

覺身輕夢回廣寒

欽定四庫全書

坦菴詞 四十三

坦菴詞